U0068608

我的 發音

向以鮮 著

人性是由純粹的詩人以其純淨的存在
對所有詞語的忠誠來維護的
它存在於詩人堅定的發音之中

——謝默斯・希尼（Seamus Heaney）

目次

輯一　七宗罪

輯二 黑暗中的拳頭

輯三　二張的西湖

輯四 伊凡帕之鏡

輯五 偉大的木偶

輯六 孩子與犀牛

輯一 七宗罪

七宗罪

一

戴口罩無罪
不約而同地戴上那麼多
恐怖色彩的口罩
大規模的行為藝術
就是反抗，反抗
就是犯罪

二

淨化空氣無罪
在美麗的孩子面前

在每間畫滿明淨夢境的教室
安裝小功率空氣淨化器
就是反諷，反諷
就是犯罪

三

廣場可以撒尿
可以亂扔避孕套、菸頭
不能聚集不能拉橫幅
未經批准地表達群眾心聲
就是反擊，反擊
就是犯罪

四

橋頭允許拍照
拍裸照或者豔照
不能拍煙囪拍黑暗的天空
隨意擴散真相
就是反對，反對
就是犯罪

五

亂說話固然有罪
不說話，一言不發
可能是一種更嚴重的犯罪
比如安靜地整齊地坐著

就是反穩，反穩
就是犯罪

六

祖祖輩輩住在那兒
這個當然沒有罪
現在被規劃了就得搬走
不搬走就是釘子戶
釘子戶就是反骨，反骨
就是犯罪

七

上互聯網沒有罪
不能上臉書上推特

紙老虎的網站沒什麼好上的
跟上賊船沒有兩樣
上賊船就是反叛，反叛
就是犯罪

17　七宗罪

瞎子與假寐

不要以為你們是瞎子
或偽裝成瞎子
整個世界就是黑夜

不要以為你們睡著了
或假寐的樣子
整個人類都叫不醒

超級月亮泡泡

天上的月亮
從未像今夜
那樣大，那樣亮

地上的人們
說話的空間
依然那樣小，那樣暗

還未來得及張口
金色的巨型泡泡
已經破滅

21 超級月亮泡泡

李莊的鄉紳

你們用所有的愛
所有的信仰、所有的
土地，房屋，包括兒女
安放了祖國，戰火中
一方寧靜的書桌
安放了知識和良心

光榮遼闊的祖國啊
卻最終沒有你們的安身之地
沒有你們的葬身之地
不朽的靈魂，隨風而逝

連一粒骨灰甕之沙
也沒有留下

註：《骨灰甕之沙》為保羅．策蘭詩集名。

沒有羞恥的民族很可憐

沒有羞恥的民族很可憐
你們，以國家之名
你們，黑制服白口罩
你們，高壓電棒防暴盾
你們，跳動著一顆狠心

沒有羞恥的民族很可悲
他們，手無寸鐵
他們，住在破敗的地方
他們，幼無所養老無所依
他們，跳動著一顆傷心

沒有羞恥的民族很危險
我們，只有鮮血和淚水
我們，只有善良和忠誠
我們，只有沉默和石頭
我們，也跳動著一顆

我們，也跳動著一顆
被侮辱但依然勇敢的心

蚊睫、江河與星辰

我站在蝸角上
細數蚊子的睫毛
一根　兩根　三根
每一根都是憤怒的刺

我站在大地上
細數縱橫的江河
一滴　兩滴　三滴
每一滴都是悲傷的淚水

我站在地球上
細數遙遠的星辰
一粒　兩粒　三粒

每一粒都是睜眼瞎的洞穴

註：《莊子．則陽》：「有國於蝸之左角者，曰觸氏，有國於蝸之右角者，曰蠻氏，時相與爭地而戰，伏屍數萬，逐北，旬有五日而後反。」「蚊睫」亦作「蟁睫」。蚊蟲的眼睫毛。《晏子春秋．外篇下十四》：「東海有蟲，巢於蟁睫，再乳再飛，而蟁不為驚。」晉張華《鷦鷯賦》：「鷦螟巢於蚊睫，大鵬彌乎天隅。」

寫詩是可恥的

奧斯威辛之後寫詩是野蠻的
——阿多諾

沒有清澈的水可資暢飲
沒有自由的空氣可供呼吸
沒有值得信賴的人
抒什麼情，寫什麼詩

人的一生多麼短暫
更短命的，卻是中國的房子

29 寫詩是可恥的

住在無比昂貴的爛尾樓
謳什麼歌，寫什麼詩

當詩歌淪為腐朽遮醜布
淪為疼痛的麻醉藥
每一行詩歌都讓人不安
我寧願永遠寫不出一個字

野蠻總比可恥好，要知道
很多時候，寫詩是可恥的

禁止集體主義

集體主義的時代
早已翻篇兒，不要再提
眾人拾柴的神話

必須禁止一切
集體主義的走路
眼神、沉默和手勢

尤其要禁止
集體主義的理想
吶喊、廣場和火種

禁止就是絕對聽話
沒有任何權利
找任何藉口

喝茶

就算是一個人喝茶
在陽光燦爛的日子發呆

其實，你並不孤獨
你從來就不是一個人

請放心，請你喝茶
一個溫情脈脈的隱喻

想請你喝茶的人
可能就坐在你的對面

只是你無法察覺
請你喝茶的人有時是隱身的

約談

約談，並不完全等於
約會和談話的縮略語

約裡包著藥
紙裡包著火

輕輕地談，彈掉
一地形而上菸灰

慢吞吞地吐，吐出
一串老大哥的煙圈兒

這裡的黎明靜悄悄
如同情人絮語

河蟹

清流與峽谷的隱士
做夢也沒有想到
曾經縱橫江湖的一生
毀於你深愛的漢語

一次偶然相近的發音
一段偽裝的臺詞
一片被刪除和遮罩的
和諧世界

證明的合法性

兒子的哭泣，必須證明
兒子是母親的兒子，否則
兒子的哭泣是不合法的

母親的呼喚，必須證明
母親是兒子的母親，否則
母親的呼喚是不合法的

霧霾的報導，必須證明
霧霾是不真實的，否則
霧霾的報導是不合法的

39 證明的合法性

死亡的降臨，必須證明
死亡已經死亡，否則
死亡的降臨是不合法的

只有證明本身，無須證明
其合法性，巨大的偽證
先天擁有某種合法性

幽靈頌

經過近百年的奮鬥
一個幽靈，變成億萬個幽靈
並且長出心臟、骨骼、手足
肌膚、血管、經絡和頭髮

還長出牙齒、國家和詞語
一個幽靈，擺脫了幽靈
一億萬個，太陽下的幽靈
鋼鐵的步伐邁向人民

註：《共產黨宣言》：「一個幽靈，共產主義的幽靈，在歐洲徘徊。」

鬼火

耀眼的火苗
並非鬼想要，鬼
只愛黑暗和舊夢

穿過人間煙火
蒼茫的大地
到處鬼影重重

43 鬼火

害怕

越來越龐大
卻越來越害怕
光芒的裸體

越來越強大
卻越來越害怕
火的漢字

不僅害怕細菌
更害怕救命的
抗生素

誰

誰在懷念誰
誰就是我的敵人
誰在揭露誰
誰就是我的朋友

誰在讚美誰
誰就是我的敵人
誰在控訴誰
誰就是我的朋友

誰忘記過去
誰就是我的敵人
誰還原歷史
誰就是我的朋友

誰是誰的敵人
誰又是誰的朋友
我們勢不兩立
我們情同手足

輯二

黑暗中的拳頭

黑暗中的拳頭

白天的身分善變：律師、醫師
老師、巫師、保險推銷員
屠夫、蒔花者、守門人

黑夜，所有的身分變成一個
所有的身體，刪繁就簡
只剩下一副拳頭

庸俗肉體中尖銳的骨刺
喑啞世界的銀色魚鯁

黑暗中的拳頭
扣著一張黑暗之外的底牌

聶樹斌和王書金

聶樹斌不認識王書金
王書金也不認識聶樹斌
聶樹斌，可憐的羊啊
替了王書金的罪

王書金並不買這本糊塗帳
「我幹的就是我幹的
你不能讓別人背黑鍋
這不公平！」

從一個強姦殺人犯口中
迸出來的每個字，讓共和國的
法律、錚亮的刑具、子彈和積雪
陡然之間失色

誰害死了無辜好青年聶樹斌
肯定不是罪犯王書金
誰還了屈死聶樹斌的清白
肯定是漢子王書金

三顆釘子

一、釘子

用錘子拼命敲打
釘子　釘子
穿牆的釘子
濺出火星

高壓氣槍發射
釘子　釘子
破臉的釘子
變成暗器

誰的手中
又沒有一顆
釘子

握得生銹了
釘子　釘子
始終是一顆釘子

二、小小的釘子

結構簡單實用
人類鍛造的
楔形文字

撒向夜色
可以阻止一彪
銜枚急走的軍隊

小小的釘子
小小的
釘子

釘穿一個時代的
光榮與恥辱

三、不要看不上釘子

不要看不上釘子
釘子能去的地方

我們去不了：木頭
石頭和骨頭的
裡面

不要看不上釘子
釘子的命比我們長
船板爛了釘子在
棺材腐朽了
釘子在

不要看不上釘子
釘子的意志
超過釘子本身
即使是彎曲的
照樣殺人

楊××的遺物

一、鞋子

盒子落滿了灰
還看得見孩子的手印
六歲的那雙髒腳丫
再也不會光顧

曾經多麼想穿上
心愛的鞋子，去讀書
去唱歌，讓廉價的劣質商品
亮得像紅舞鞋一樣

還沒有來得及
穿好，這副壯麗的夢想
光著腳的孩子
就被母親匆匆帶走

二、斧頭

母親想了很多方式
怎樣才能利索地
結束四個親生骨肉
越快越好，越狠越好

她知道，命賤的東西
有著頑強的生命力

那些小雜種，那些
叫不出名字的小動物

斧頭上的鮮血
不是來自孩子們的血管
而是來自斧頭本身
不斷從鋒芒的內部湧出

三、農藥

為孩子們
為自己準備的最後一道菜
是百草枯嗎，這名字好毒
足以讓人望而生畏

和黑暗比起來
和赴死的母親比起來
能毒殺一頭耕牛的農藥
也是清澈的

彷彿從未發生過什麼
十面埋伏的山河
還是那麼遼闊、偉大
沒有一點兒訝異

四、滅跡

走了就走了
萬事都將隨風散

不會留下一點兒
蛛絲螻跡

鞋子會爛掉
斧頭會鏽掉
農藥刺鼻的氣味
很快會化掉

就連楊××的名字
也會迅速滅掉
從戶口名簿上
從火焰裡

也有滅不掉的地方
越來越漫長的
禁忌詞典
和不可測的人心

槍形物

在中國，什麼是槍
是一個棘手的科學問題
AK47、88狙擊就不用說了
那當然是要命的好槍

還有很多，不是槍的
更應該引起高度警惕
那些，不是槍的槍形物
隱身於玩具和殺器之間

能打爆氣球的
就可能打爆腦袋

穿透2.54CM厚松木板的
難道還穿不透身體

還有還有，槍口比動能
大於、等於1.8焦耳／cm^2的
就可能點燃不安的火苗
犯罪的火苗

在中國，想要成為一名
合法公民，僅僅守法還不夠
你得成為一名數學家
成為一名力學家

註：二〇一六年十二月二十七日，五十一歲的天津大媽趙春華，因擺氣球射擊攤被判三年半刑期。

黑金剛有顆乾淨的靈魂

我的女人，你的男人
你熟悉這身體的每一寸每一分
我的臉好黑，荒涼的面具
比你驚懼的瞳孔還要黑
連自己的女人也無法辨認

不要責怪那口井，那深淵
那兒有煤炭，有電鑽，有礦燈
有瓦斯，有透水，有寂靜
那兒，也有我們全家的希望
還有老鼠，飢餓和鬼魂

我的女人，你的男人本英俊
黑金剛有顆乾淨的靈魂
請用淚水，打濕乾枯的嘴
暗物質抹黑我的皮膚
無法抹殺渴望你的雄心

我知道，每一次上和下
都是生和死：升起來我是太陽
落下去，我是地心的晷影
泥漿、煤粉和痛心的分別
怎能讓命中的鏡子蒙塵

我的女人，還有，我的世界
我以我愛薦青春，我以我黑鑒光明

註：安徽省淮北一煤礦，礦工升井後即著工裝戴礦燈與妻子合影，待沐浴更衣後再與妻子合影，前後判若兩人。

一個鋼筋工人的自由落體

斷線的身體一直向下落
自由地落，無常地落
牛頓的蘋果也在落
山中的芙蓉花也在落

快要接近地面的時候
他看見一大片明亮的森林
那是他親手用電焊火花
心血和幾個月薪水澆灌的

這樣的安排，也好
把生命之輕插在自己的傑作上
像一個高僧，把自己插在
從深谷拾回的柴火堆上

沒有不落的太陽，自由地落
鋼筋工人落在鋼筋上
密集的螺紋穿透五臟六腑
這不是象徵，是真相

一條命和七十四條命

一條命是命
七十四條命是命

一條命和七十四條命的命運不同
不是數的不同而是質的不同

一條命是珍貴的鑽石
七十四條命是卑微的石頭

從天空到大地
從冷卻塔到坍塌

隕落的軌跡不同
發出的死亡回聲當然不同

玉骨何須洗

——致楊絳

天生玉骨何須洗
洗，就是另一種玷污

先生洗了一百零五年
現在，終於可以不洗了

烈火燒煉的黃金
雜質都已練淨

一百零五年，不是為了證明
生命有多麼漫長

只是為了看一看
這世界，到底有多髒

詩人與黑幫

男詩人的腎上腺
洶湧著冒險的黑幫
黑夜的烏托邦
愛情黑得像沙場

女詩人的荷爾蒙
散發著刺激的黑幫
遼闊的黑暗傳
大佬酷得像情郎

每個黑幫內部
都沉默著一位詩人
向死而生地活著
詩歌在黑血中發亮

每個孤獨的詩人
將創造出虛無的黑幫
讓刺青的麥芒
一直刺進黑暗心臟

筆直插進生活的石縫

——致丙申青年節

瞧！繡著花紋的光柱
剝削它的刀得多鋒利
光的核心，又硬又黑
留下的字跡亮過星辰

只要閉上思想的眼睛
就能看見那夢中鉛筆
在旋轉，旋轉，旋轉
多麼自由的潛水艇啊

有人插進童年的海洋
插進少年維特的煩惱
插進青年的偉大理想
插進遲暮之年的浮冰

有人插進烏雲和髮髻
插進古舊的陶瓷梅瓶
我要將這支神奇梭子
筆直插進生活的石縫

多米諾人民

一輛白色死亡重型卡車
加速沖向歡樂的人民
璀璨煙花被鮮血澆滅

一支蓄謀已久的軍隊
用盤旋的直升機和隆隆坦克
試圖奪取政權和人民

一部隱蔽的蘋果手機
不僅可以傳情達意
還可以遙控人民

一部分人民變成了肉泥
一部分人民奪路狂奔
一部分人民準備慶祝勝利

下一塊倒下的多米諾
是殺手、政客、軍人
還是永遠在場難逃的人民

狙擊手王達

只有一個敵人：自己
自己的心跳，呼吸，脈搏
尤其是，自己的害怕
和對生命的憐惜

只有一個朋友：自己
自己的槍管，目標
自己的愛、沉默和精准
自己岩石般的孤寂

只有一粒風暴：子彈
不是第一粒，而是第二粒
第一粒空著，永遠空著
為敵人，也為自己

公牛之死

角尖滴著鮮血
一直滴，彷彿
邀請倒下的老主人
高擎一對紅色流觴

快速反應，與鼻孔中
被九五式自動步槍
捅破，更加洶湧的
酒泉合奏、交響

成都平原
灰暗的冬夜
因第八顆出膛的子彈
變得熾熱又漫長

倔強的頭顱挺立山坡
每頭雄性動物
請點燃自己，那一輪
殘喘的月亮

註：二〇一六年一月六日晚，四川彭州桂花鎮沂水村一頭千斤公牛，將聶姓主人觝死。公安局出動快反突擊隊員，九五式自動步槍射出第一顆子彈擊中牛首，公牛仍挺立於山坡。最終，公牛死於第八顆子彈。

刺客于歡

刺客于歡沒有匕首
只有一把水果刀
不要說肥沃的地圖
連最後的遮羞布也被剝奪

母親，哭泣的母親
生我養我愛我的母親
請原諒，你的兒子
遍地惡魔，只刺死一個

庶民之怒，刺客之血
你的兒子已經竭盡全力
卻沒能為無助的母親
挽回一點兒做人的起碼尊嚴

張國友的電子秤和西瓜刀

這把秤，跳動的電子
秤過多少甜蜜之物
這把刀，如水的薄鋒
剖過多少火紅之腹

「狗逼急了還跳牆呢
別把人逼急了……」
奪回公平的電子秤
就是奪回一條活路

在妻子倒地的那一剎那
張國友將刀遞進城管的身體
一共七次，又快又狠
殺人和切瓜竟然出奇地相似

註：二〇一六年七月二十八日，河南正陽縣真陽鎮瓜農張國友夫婦為電子秤與城管李偉發生爭執，張持西瓜刀刺死李，樸實的瓜農瞬間變成殺人犯。

打飛機

只聽說坐飛機死過人
沒聽說打飛機也會死人

坐飛機，是為了克服距離
打飛機，是為了解決孤獨

好兄弟，我們在一起
孤獨無罪，打飛機有理

錘子錘，我們一起打飛機
打了飛機打炸雷

91 打飛機

輯三

二張的西湖

一張的西湖

西湖的好，不是什麼人都懂的
最懂西湖的，除了張岱，迄今還數不出
第二人：崇禎五年十二月，張岱住西湖
大雪三日，湖中人鳥聲俱絕
是日初更時分，張岱挐一小舟
擁毳衣爐火，獨往湖心亭看雪
霧氣迷茫，天與雲與山與水，上下一白
湖上影子，惟長堤一痕、湖心亭一點
與扁舟一芥，舟中人兩三粒而已
到亭上，有兩人鋪氈對坐，一童子燒酒，爐正沸
見張岱大喜：哇，湖中居然還有這樣的人

拉著張岱同飲，張岱強飲三杯烈酒而別
問其姓氏，是金陵人，客此
及下船，舟子喃喃自語：莫說相公癡
更有癡似相公者

眨眼就是三百六十四年
張岱的家門張藝謀來到西湖
不是來賞雪，西湖現在還沒有雪
這個對張大導來說根本不是事兒
手握造物的王牌，滿目是逼真的燦爛光景
白娘子要採茶，許仙繼續談戀愛
斷橋斷了可重續，雷鋒塔倒了可重立
鐳射折疊扇，四維油紙傘，最憶是杭州
比起張岱，那造化所賜的雪中西湖

張導的西湖，人力所致的須臾山水
全球直播的湖上舞臺，顯得如此幻滅又炫目
請允許我借用張岱的話說：霧氣迷茫
天與雲與山與水，上下都差不離兒
湖上影子，惟G20一痕、中國一點
與夜幕一芥，幕中人無數粒而已

子夜，梅花鹿駕臨成都

頂著犄角王冠的雄鹿
用污泥、梅花和子夜的黑
做成一襲古老的戰甲
駕臨成都二仙橋

二仙已雲遊異鄉
孤獨的王，迷路的孩子
成都早就沒有仙境
也沒有你喜歡的森林和鹽粒

趕緊醒來趕緊逃吧
在中國在成都，永遠成不了仙
只會成為囚犯成為葺和血
男人的鞭美人的皮

趁著天色還未亮，趕緊逃吧
孤獨的王，迷路的孩子

註：二〇一六年九月二十九日深夜，一頭來歷不明的成年雄性梅花鹿，闖入成都二仙橋西北路一倉庫，麻醉捕獲後送入成都動物園。

初秋的爆炸

還是蒼山橫翠微的時候
就似乎聞到燒焦的氣味
並非源於烈日、高溫
或漫長的乾旱

一旦進入秋天
萬事萬物開始枯黃
焦灼的情緒、不安的雷霆
在烏雲中聚集、發瘋

天津天津，我曾在那兒
在積雪的新開湖畔
聆聽九葉詩人穆旦
和水上公園的鳥語

這一切，寧靜、自由和美
被突然降臨的初秋爆炸
澈底摧毀了，灰飛，煙未滅
幾百顆青春和壯志

我祈禱，這只是一個可怕的象徵
悲傷的象徵，烈火的象徵
讓我們，記住這一天這一刻
二〇一五年八月十二日十一點三十分

毒角戲

天空之上
PM2.5粉墨卷袖
蔚藍色的花旦
死於灰霾設計

大地之下
重金屬或農藥
陰冷的刀馬，刺遍
山河、夢境、糧食

血液之中
龐氏疫苗的毒角
沿著二百四十七條神祕網路
紮進遼闊舞池

紮進母親懷中的
胖小手，紮進
挑燈看劍美少年
和化妝的少女

神啊，萬能的導演
請你垂憐滿目瘡痍
請你垂憐祖國
失去抗體的孩子

父母經變

為了你，可憐的麗坤
我們願意變成任何一種動物
變成袋鼠，揣著你走過荒野
變成狼，去兇險的外面尋找出路

只要你能活下去，變牛變馬
變蜘蛛，變青蛙，變毒蛇都行
還有什麼可以變，變，變
為了你，我們願意蛻變成低等生物

你不能咀嚼，我們幫你咀嚼
你不能吞嚥，我們幫你吞嚥
十五年多麼漫長，又多麼短暫啊
我們，終於變成鳥兒的父母

這已是最幸福的變化了
為了變得更好，哺食到你的胃部
頸椎和腰椎已經直立不起來
而且，媽媽的喉嚨也開始病變

可憐的麗坤，我們還能變成什麼
殘酷的世界，我們還能變成什麼

註：山西大同趙玉春與李煥梅夫婦，像哺育幼鳥一般餵食重度腦癱棄嬰女兒趙麗坤十五年。由於長期低頭餵食坐姿，致使夫婦患下頸椎和腰椎病，李煥梅近期又被檢查出罹患咽喉癌。《父母恩重經變》始出於唐代，經文中有：「哀哀父母，生我幼勞。昊天之恩，豈能不報。」大足寶頂山刻有著名的南宋《父母恩重經變相》，左右連環畫式地雕刻出父母含辛茹苦撫育子女的十組雕像。

裸貸

好吧，我真的什麼也沒有
只有經過十八年發育的身體
很美很美，美得無比眩目
這是我的珍寶，唯一能夠抵押的

評估師透過QQ鏡頭
以古羅馬奴隸販子的伎倆
評估著眼睛，耳朵，頭髮和乳房
評估著一具具靈魂出竅的裸體

顏值才是硬資產，有了這個裸條
立即就可拿到人民幣談戀愛
就可養小狗，登山滑雪買哀七
當然，每天得有那麼一點兒利息

天使把自己抵押給魔鬼時
天使也差不多變成了魔鬼
寶寶決定，把最燦爛的抵押給黑暗
快，把最美的抵押給高利貸者

註：裸貸即以裸照獲得貸款。

出軌

林丹才出軌
印度火車跟著出軌
出軌的鏡頭出盡了風頭

出軌比臥軌嚴重
臥軌只是一個人的事
出軌至少是兩個人以上的事

看來，出不出軌
不僅是欲望與道德的問題
也是生存或毀滅的問題

莆田三章

一、蚊子的上陽宮

在莆田，海水的孩子們
反復唱著：一座大樓，兩個老頭
一條狼狗，上面住著小偷
唱著唱著小偷也很寂寞

人類的孩子都去了異鄉
留下來的是暮年，留下那點兒根
留下一群寥落的白髮人
這宮殿的廢墟啊

囚禁於莆田上陽宮中的
是敬愛的父親和母親
那兒，除了夜色和無望等待
還有烏黑洶湧的蚊子

二、神龕與醫院

莆田一名莆仙，除了錦衣玉食
莆田人也有自己的神仙
蜂巢般的神龕，供奉著香火
供奉著顯靈的蛹

與之相映成趣的：醫院
醫院的花粉，被莆田係工蜂

帶到祖國的四面八方
帶到繁勝京華，帶到森嚴的軍隊

神龕和醫院之間，看上去
相距那麼遙遠，其實也很近
這個，不僅莆田係明白
我們每一個人也是明白的

三、搜索之死

南宋的莆田，江湖上很有名
帶頭大哥叫劉克莊，後村先生
用布衣、詩歌、仁義與活著
打造的流派風生水漲

今天的莆田，醫療界很有名
帶頭大哥與狐魅合謀
用資本、交媾和祕密的莆田方言
織出一張佈滿倒鉤的網

可憐的魏則西，如果回到南宋
你將成為一名詩人或工程師
而此刻，人們在生病、在引擎
不在搜索中爆發，就在搜索中滅亡

註：元稹《行宮》：「寥落古行宮，宮花寂寞紅。白頭宮女在，閑坐說玄宗。」可與白居易《上陽白髮人》互讀。劉克莊（一一八七—一二六九）字潛夫號後村，莆田人，南宋江湖詩派領袖。魏則西（一九九四—二〇一六）陝西咸陽人，西安電子科技大學學生，患滑膜肉瘤，曾以百度搜索出莆田係武警北京總隊第二醫院，前往治療，貽誤救命良機。在莆田東莊鎮，商店極少，舉目皆是神龕。

少女韋璇

十六歲少女韋璇
不知道青春的滋味
「看雨下，喂孩子
等雨停，喂孩子」

韋璇一邊做著母親
一邊想著初中時光
「看落雪，喂孩子
等雪化，喂孩子」

那時真好，嚼著零食
想看電影就看電影
「黑夜裡，喂孩子
　黎明中，喂孩子」

十六歲少女韋璇
勇敢地露出乳房
「春天來，喂孩子
　春天去，喂孩子」

少女韋璇決定：和孩子
一起長大，再慢慢老去

掏鳥窩

淘氣的少年
什麼窩不能掏啊
被窩、酒窩、漩窩
亂草的窩

你掏了鳥的窩
鳥就用珍稀之名
掏你十年的青春
掏空你的心窩

這下好了
你用一架梯子
為自己掏出
一個巨大的窩

十六隻燕隼
該為三千六百五十個
白晝和夜晚
落淚，還是歡歌

註：鄭州一職業學院在校生小閆，暑假期間與友人掏到十六隻國家二級保護動物燕隼，後售賣於市。二人分別被判十年半和十年刑期，並處罰款。

我不關心這個秋天

我不關心這個秋天
說來，它就來了
和往年相比
沒有什麼異樣

要說有，也有那麼一點
多了一點死亡
多了一點火焰
多了一點悲傷

我不關心這個秋天
說走，它側身就走了
和內心相比
沒有什麼異樣

要說有，也有那麼一點
少了一點理想
少了一點詩意
少了一點星光

我不關心這個秋天
和活著相比
和等待自由的徒勞相比
沒有什麼異樣

要說有，也有那麼一點
聽吧，踏過廣場的腳步
如同整齊的候鳥踏過
秋天的第一場雪

我是認真的
我不關心這個秋天

再見，我的郫縣老情人

郫縣啊，人們叫了你兩千三百年
石頭叫碎，流水叫成沙
嗑血的鳥兒一直叫進骨頭

現在，我們不能這麼叫了
國務院批准你叫「郫都」
叫一個怎麼叫也叫不順口的名字

名字並不僅僅是一個名字
裡面布著筋絡、活著偉大的思想
事物的消失從名字開始

再見郫縣，心愛的郫縣
我要永遠叫喚你古蜀語的乳名
再見——我的郫縣老情人

註：秦惠王十一年（前三一四年）設蜀郡，郫邑始稱郫縣，距今兩千三百餘年。二〇一六年十二月，國務院批准撤銷郫縣，設立成都市郫都區。

萬惡的挖掘機

當挖掘機成為發展的核動力
人民，就有足夠的理由懷疑
砍頭去尾的發展或規劃
是不是我們真正想要的

匠心獨具的老宅子挖得稀爛
美麗的村莊挖成化工廠
雕樑畫棟挖成一片廢墟
童年的花園挖成灰

當毀滅成為發展的必經之路
人民，就有足夠的理由追問
萬惡的挖掘機，到底是誰
賦予你如此猖狂的權力

青山挖成白骨，碧溪挖成污泥
滄海挖枯，腦袋挖空
挖祖墳，挖寺院，挖遺址
鋼鐵怪物，神州的寵物

挖心挖肺，直到為挖掘機們
所代表的諸惡，挖出巨大的天坑

輯四

伊凡帕之鏡

伊凡帕之鏡

從上面往下面觀察
細小的沙子正在發生變化
一部分向中心聚集
還有一部分向邊緣分離

最為詫異的是
閃爍不定的斑點
一隻逐鹿的豹子
穿過秋天的灌木叢

全副武裝的工程師
如同好奇的鄉村孩子
轉動磨得錚亮的玻璃
金屬及透明的指甲

伊凡帕不斷調整角度
模仿向日葵或百葉窗的姿勢
折射率主宰著荒涼的萬物
傾斜、旋轉，巴比倫塔啊
上升的誘惑與日俱增

湖泊真美，森林的返照
還有鏡子，這該死的幻影

比愛情更具謀殺氣質的
古羅馬圓型反光劇場

佔據十四平方公里
鑲嵌三十五萬塊矽晶體
照亮十四萬個無眠的庭院
機關重重的光芒齒輪
綻放著驚人的能量

在廣袤的莫哈韋
明鏡不是鏡
而是鳥兒們
命運的無常祭台

從高處往低處掠過
以俯衝的思想和天性
俯覽這空寂的蔚藍
刺目的圓心

攝氏五百四十度的天堂
祕密燃燒的陷阱
竟然如此迷人，如此
不可理喻。比雛飛的巢穴
更加完善和堅固

每一根毛細血管每一支
纖維神經每一道縫隙

每一條幽徑每一塊剖面
都由龐大的系統精心設計

交叉和鏈結
即使是瞬息聚散的餘輝
彩虹與水蒸汽
也被嚴格編碼控制

唯一容忍的錯誤
是不動聲色的吞噬
唯一忽略的損失是折翼
誰能遏制對光明的渴望呢

田鷚、麻雀、灰鴿以及遊隼
都必須遵循古老的原則
卑微屈服於高貴　遷徙者
前赴後繼，以純粹之軀
向熾烈的錯覺獻身

在加利福利亞和內華達
共舞清潔能源的假面時
濺射的生靈提醒我們
飛越的意志，始終高於死亡
高於伊凡帕這只巨大的鏡子

註：全球最大規模的太陽能發電站伊凡帕（Ivav-Pah）位於美國加利福尼亞州與內華達州接壤的莫哈韋沙漠。

阿狗，狡黠地笑了

——致 AlphaGo

小臉兒未及露，只是順便
露幾手，整個星球慌了神
造物主的臉面與尊嚴
被遊戲的芻狗丟盡

一隻隱藏在程式中的
圍棋阿狗，狡黠地笑了
哈比薩斯臆想的小傢伙
一款谷歌智慧產品

第一百九十八手，弈者聽見
對手心臟，比手抖得厲害
天才少年大聲嘔吐
阿狗阿貓一個命

全人類慶祝人的勝利時
攻心的阿狗，狡黠地笑了
噓！這兒有不為知的
創造、祕密和陷阱

樹懶閃電

雖然倒懸於南美叢林
卻更像微笑的東方聖賢
大自然的覺悟者
貪看懶與真的祕境

形而下的慢，獲得藻類
植物信任，毛髮即大地
以此成為潮濕大陸
最隱祕的一部分

樹上真好，數不盡的樹葉
飽含雨水和營養，繁星
落花和果實，照亮
形而上的慢鏡頭

不要以為慢就是懶
慢到骨子裡，才能鉤住
世界的要害，才能
攝取閃電的核心

註：樹懶（Folivora）形狀似猴，分佈於南美洲。動作遲緩，常以爪倒掛樹枝經久不動。身上毛被附有藻類植物，呈綠色。杜甫《漫成》：「近識峨嵋老，知予懶是真。」

韭菜坪的瑪咖，瑪咖

本來，應該種上韭菜
人們似乎突然忘記
原生的不朽，割而複生
飲刀叢生的風景

廣袤的韭菜坪
勃發出一陣陣陌生的
安第斯山氣味，黃色的
紫色的、黑色的瑪咖

顏色越深，越昂貴
來自黑夜的植物信仰
資本的催情素，瑪咖
潮水般湧來又退去

瑪咖醯胺啊，瑪咖烯
沒有瑪咖，也得愛
欲望的根須全部爛了
陽光，哼著燦爛的哀歌

瑪咖，瑪咖，瑪咖，
美好時光，啰嚓，啰嚓

註：原產於南美安第斯山脈之瑪卡（Maca），近年引入麗江、攀枝花（韭菜坪）一帶，因盲目擴大種植，價格暴跌數百倍，致使部分瑪咖遺棄田野。

如果蔬菜失去顏色

一顆盲目的番茄
一粒蒼白小辣椒
蜷縮於初春的籠子
如缺氧的魚塘

用薄膜和支架搭成
反季節半透明子宮
空心菜空虛地回憶著
從前的好年光

根莖無力吸取大地
葉子停止交談

詩意的光合作用
和豐收的家常

滿世界都是灰
彌天的大灰狼啊
豌豆的孩子們
辨不清母親的乳房

我深愛的寸寸山河
霧鎖萬里無疆
如果蔬菜失去顏色
活著，還有什麼希望

註：科學家警告，霧霾將會給植物尤其是蔬菜及穀物的生長帶來直接影響，這將嚴重威脅占中國GDP10%的農業生產。

中國面具

中國人就是牛，牛頭
不管用，再來幅馬嘴
中國向後退，退回去
退化才是新潮流

退回山頂洞退回類人猿
蜻蜓眼，烏龜背，眼鏡王蛇
黃皮膚的天空真黃啊
蒙面異形的時代來了

呼吸急促的中國生化戰士
鑲鑽青面獸，鍍銀獠牙榜
退回核潛艇退回外太空
退到山窮水盡後

親愛的面具兄弟姐妹
路易威登救不了命
退回子宮吧，做一粒
比陰霾更細小的玩偶

逼良為豹

南山的玄豹離不開霧
為了隱藏星辰和花紋
躲進霧中，迷人的霧
是豹子的另一件衣裳

中國的良民逃不出霧
逼成危險茫然的豹子
捲進霧中，迷天的霧
是豹人揮不去的噩夢

註：《列女傳》：「妾聞南山有玄豹，霧雨七日而不下食者，何也？欲以澤其毛而成文章也，故藏而遠害。」

我的藍天和白雲

我的夢，人們的夢
變得越來越無趣
敬愛的藍天，便從
夢的瞳孔中老去

多麼普通的美
我上輩子的親人
藍天啊，想見你一面
還要等多少世紀

我的夢，人們的夢
完全悖逆於夢的精神
親愛的白雲，便從
夢的寂寞中死去

多麼稀有的神賜
我淪落天涯的情人
白雲啊，想見你一面
還要等多少輪回

怎樣才能活命

怎樣才能活命
偉大的祖國，要有一副
魚鰓，只需很少的空氣
就可以頑強呼吸

怎樣才能活命
光榮的祖國，要有一隻
狗鼻，從嚴重污染的土壤
搜集可疑的糧食

怎樣才能活命
正確的祖國，要有一雙
蟬翼，在凋零的樹上
不斷脫掉髒東西

怎樣才能活命
萬歲的祖國，要有一張
烏鴉嘴，瞧！即使啞吧
也充滿預言能力

如果沒有那隻毒蜘蛛

如果沒有那隻毒蜘蛛
如果沒有咬傷孩子的手
如果沒有那麼毒

如果沒有媽媽的棉花
如果沒有用白酒打濕
如果沒有用火點燃

如果沒有那根竹筷子
如果牙齒沒有咬出血
如果沒有那樣痛楚

如果聞到燒焦的氣味
如果毒液不是蛋白質
如果火焰再凶一些

如果不斷有兒童餓死
如果不斷有人患上瘧疾
如果貧窮者繼續貧窮

如果不是生物化學博士
如果不是在哈佛
如果不是何江

窮人的水或詩

窮人渴了也要喝水
喝骯髒的水，危險的水
喝牛羊蹄印中的水
喝重金屬污染的水

窮人也想喝乾淨的水
喝沒有任何雜質的水
喝傳說中的露水
喝大自然的泉水

但是窮人沒有錢
買不起昂貴的淨水設施
甚至買不起特麗薩
這本可以喝的書籍

好在，窮人還有詩歌
這是眾神賦予的
誰也拿不走！窮人
看見了美好的水景

塵埃、泥漿和痛苦
在銀離子的緩慢過濾中
變成幸福，變成甘甜
變成清澈見底的詞

窮人決定寫一首乾淨的詩
用乾淨的詩換乾淨的水
換四年乾淨的生活
換二十六頁桔色納米紙

註：美國卡耐基梅隆大學公民與環境工程專業博士後Theresa Dankovich（特麗薩・丹科維斯基），以納米級銀離子發明二十六頁「可以喝的書」（Drinkable Book），可滿足一個人四年的飲水量，被《時代》週刊評選為「2015年度世界最棒的二十五個設計」之一，或將改變全球近七億無法喝到乾淨飲水人的命運。一位孟加拉女子聲稱：如果丈夫買不起這本書，她就寫一首詩賣掉，用稿費自己來買書。

硅膠謀殺案

就用這種：透明的
介於鑽石、水滴、糖果
與幻想之間的小東西
因為美，所以一定有毒

三個女孩兒手中
緊緊攥住一袋食品
乾燥劑：硅膠的用心
黑森林中的蘋果粒

校園耳語閃爍不定
在蠱惑翅膀上微微振動
從同學傳遞到老師
並迅速傳遍世界

聽起來，這更像是
一個關於死亡的天真遊戲
但是，溫特博裡學校
確實現出幾分殺氣

註：美國阿拉斯加州安克雷奇市溫特博裡契約學校，三名一年級女生試圖以密封食品袋中的硅膠（本無毒三人以為有毒）殺死同學，被無意聽到該計畫的學生上報老師。警方最終決定不對三名學生採取行動，交由學校老師處理。

微信三章

一、反對微信

手機突然沒電了
短暫的焦慮之後
一種前所未有的美感
久違的，類似失戀的感覺
從黑屏上空降臨

終於，我可以想往一下
古代：沒電沒手機
沒有閃爍的即時通訊

尤其是，沒有微信的時代
多麼詩意多麼幸福

黑暗中，我想到了鴿子
烽火、明鏡、回文錦
以及驛路翻飛的馬蹄
這些美麗的事物啊
足以傳情達意的神賜

都被兩個綠色小面孔
兩個永遠在嘮叨的小人兒
徹底毀滅了，勿需諦聽
在萬能的液晶世界裡
一秒也沒有安靜

用微小的方式
佔領廣闊世界的陰謀
反對的時候到了！反對微信
反對虛偽，反對無所不在的
侵略、干預和權力

請相信我：離微信越遠
我們離幸福就越近
遠離微信才能擁抱愛情
動手吧，讓螢幕一直黑下去
在黑暗中，不見也傾心

二、掃微信

再沒有比掃微信二維碼
更性感的動作：當逐行掃描
掠過代碼迷宮，心猿意馬
一同掠過萬惡的生活

發自虛空的目光一掃
二維潘多娜，撩撥無窮想像
撩出囚禁的名字、面孔和黑夜
撩開平凡而偉大的心魔

再沒有比掃微信二維碼
更具有暗示色彩的了

你掃我，掃亂我的小算盤
我掃你，必掃亮你一生傳說

三、拉黑

兩個相愛的人
黑夜是拉出來的
唯一的燈繩拉響
唯一燈盞吹滅

兩個仇恨的人
黑夜是拉出來的
微信上拉黑彼此
黑到永生

或者一秒
這得看緣份
還得看你有多狠
愛也拉黑恨也拉黑

所謂拉黑
就是拉開自己的黑暗
甜蜜的黑暗
痛苦的黑暗

輯五

偉大的木偶

偉大的木偶

線頭牽在火焰的手中
紙板或木板上
畫著謙卑的君王

這場傀儡之戲沒有小丑
所有的表演者
都是英雄

手中的線，名字叫人民
被任意拉扯的木偶
名字叫自由

大海，請別驚醒艾蘭

他（耶穌）的名聲就傳遍了敘利亞
——《馬太福音》四：二四

敘利亞小男孩兒，艾蘭啊
從橡皮筏與黑夜的懷抱滾落
他夢見了，傳說中的希臘
夢見溫暖的金羊毛

三歲的小艾蘭睡著了
大海，請別驚醒艾蘭

科西斯島就在前方
幸福的歐洲就在前方
從博多魯姆到天堂，只有
只有二十公里的距離

但是，小艾蘭要躺下來
躺在祖國敘利亞的海灘上
躺在離媽媽和哥哥加利普
最近的地方，一刻也不分開

三歲的小艾蘭睡著了
大海，請別驚醒艾蘭

紅體恤、藍短褲、黑鞋子
腦袋浸泡在海水裡。彷彿
躺在科巴尼從前的甜蜜時光
小屁股淘氣地向上蹶著

我多想，孤獨的艾蘭再一次
轉過身來，讓冰冷的陽光
讓諸神，讓全人類看看那張
曾經無比生動的臉龐

三歲的小艾蘭睡著了
大海，請別驚醒艾蘭

柬埔寨椰林三章

一、殺人葉

坐在巨大的椰樹下納涼
陰影中，一個金邊人
告訴我：跳舞的
葉子很殘忍

要讓死亡變得更痛苦
波爾布特將這些葉子
做成鋸齒狀利器
你聽，微風傳來異樣響動

葉子到底有多鋒利
流了多少血，已無關緊要
獨裁者手裡，一張紙
也可割斷人民的喉嚨

二、椰樹牙

細小的牙齒
最初並不長在這兒
離開鮮紅的牙床之後
就一直嵌在這兒

沒有人知道
是男孩兒還是女孩兒的

也沒有人看見
紅色高棉倒提一顆

美麗的頭顱
是如何砸向椰子樹
像砸碎一隻陶甕
或一隻尚未長圓的椰子

三、椰林雷

工作本身並不複雜
農民們擅於挖洞掏坑
松鼠般埋好一顆，又一顆
再加上點兒偽裝

多少年過去了
椰林裡，敵人沒有來
埋下的死亡果實
長出荒煙漫草

據說，埋雷的人
大多被自己埋的炸死
金邊人做了個手勢
轟的一聲，沒了

蓬索與湯米

蓬索與湯米不是人
是兩隻遙遠的黑猩猩
兩隻類人猿，最接近人的
靈長，得忍受非人的命運

蓬索在醫學實驗之後
帶著血液中的肝炎病毒
和喪子失侶之痛，棄置於西非
象牙海岸的荒島上

湯米則被富人萊弗裡
關在紐約北部富爾頓郡
一個綠色鐵籠子裡
偶爾，可以看一看有線電視

當孤獨的蓬索撲進
敵人懷抱，清澈的猩眼中
沒有哪怕一絲兒仇恨
那一刻，我為人類而羞愧

當首席法官卡倫・彼得斯
做出判決：湯米不是人
不能享有人的權利
囚禁中的湯米，不置一詞

那一刻，法律多麼偽善
黑猩猩的命運，還將黑下去
黑暗的根源在於：基因
猩猩不下地獄，誰下

蓬索與湯米的確不是人
而披著人皮，也不一定是人
良知的輪盤賭，能玩轉
星球的，未必就能贏

註：黑猩猩和人類基因相似度高達百分之九十九左右。英國《每日郵報》報導，黑猩猩蓬索在被用於肝炎實驗後棄於象牙海岸荒島，失去愛侶和兩個孩子，獨自生活三年。近日，埃斯特爾去島上探望，蓬索開心地擁抱久違的、給他帶來無盡災難的人

類。二〇一四年，美國紐約州上訴法院首席法官卡倫·彼得斯，駁回「非人類權益專案」要求賦予囚禁于富爾頓郡的黑猩猩湯米以人權並放生的請求，理由是黑猩猩無法承擔法律責任，不應享有人權。

槍炮和鮮花

十七歲少女蘿絲從容面對
鋼盔扣嚴英俊的臉頰
來福槍管填滿子彈
刺刀比林肯還要亮

少女雙手托起小小花蕾
身體略微向前方傾斜
蔑視叢集鋒刃，無懼的
紅唇，定要吻到林間芬芳

槍炮對著鮮花
鋼鐵對著少女
誰更強大，誰更不堪一擊
力量之舞卻在此消彼漲

迫近少女的盾甲士兵
露出幾分惶恐和羞怯表情
目光悄悄移向別處
不敢直視眼前：愛的幻象

一九六七年十月二十一日
馬克・呂布的史詩鏡頭
柔弱無骨的寂靜中
藏著驚雷

註：《槍炮與鮮花》為法國著名攝影家馬克・呂布（（Marc Riboud 1923.6.24-2016.8.30）名作，拍攝於一九六七年十月二十一日林肯紀念碑前，持花少女為甫滿十七歲之簡・蘿絲（Jan Rose Kasmir）。

殺死一頭北極熊

投擲鯨魚骨匕首的雙手
緊緊扣住來複步槍
悶得快要尖叫的彈藥
沿著螺旋紋向前高速推進

狙擊的對象傲慢又美麗
蔑視著一切：厄運或殘忍的
詩句，在刺目狂想中
撲滅一朵儀態萬方的白雲

看啊，巨大家園正在融化
熾熱掌心中的糖果！
比糖果更迷人的冰雪魂魄
北極的神轟然坍塌了

不可更改的生存定律
主宰著世世代代的愛和恨
白色威武的哈姆雷特
你的問題，也是我們的問題

雪亮公正的黃昏劃開
狹路英雄的胸中海洋
奔湧不息的鮮血
染紅漫漫長夜與篝火

古老的因紐特青年
在極光慶典中
吹散槍口繚繞的硝煙
和北極熊無邊無際的浮冰夢境

我們要雨林，不要石油

我們要雨林，不要石油
石油是你們這些文明人
從地底，從海底，從腦子裡
挖出來的東西，總有一天
會歸還給造物主

文明的野蠻人，請停止
鑽井平臺的巨大轟鳴
我們要雨林，不要石油
要美洲虎、蟒蛇和鹿
要遵循古老的生活法則

別以為有美元有手段
就可以隨心所欲，你們
把黑色管道鋪進森林裡
勇敢的獵手就把毒液
飛鏢吹進你們夢裡

我們要雨林，不要石油
我們所求不多，衣著簡樸
鑽木取火驅趕疾病和長夜
香蕉葉織成美麗的袋子
以換取鹽和食物

我們要雨林，不要石油
雨林，不僅僅是華歐拉尼的

也是眾神的，我們的家
我們的呼吸我們的命根
誰也沒有權力拿走

我們要雨林，不要石油
要雷電、愛情、陽光和咒語
要讓星球之肺氣流充沛
亞馬遜雨林，我們
世世代代守著你

註：據美國新聞網站globalpost載：南美華歐拉尼部落約有四千人，生活於位於厄瓜多爾奧連蒂熱帶雨林中，鑽木取火，相信萬物有靈。直至上世紀五〇年代末，才被傳教士發現。而今，部落人正試圖以原始方式同石油開發商展開對決，以守住最後一片古老家園。

伊斯坦布爾的聖誕老人

從前，聖誕老人騎著馴鹿
說一口流利的英語
滿世界奔跑，巨大的口袋
裝著糖果、玩具、祕密
孩子的祝福和夢想

淩晨，在伊斯坦布爾
越過博斯普魯斯海峽
說阿拉伯語的聖誕老人
提著子彈上膛的長管槍
和一顆魔鬼的心臟

冰冷的海水淹沒一切
淹沒鮮血、尖叫和恐懼
這瘋狂可恥的世界，燈火啊
燈火，照例迎來送往

詛咒一棵樹

本是自然之力
樹的本質，除了向下
獲取足夠的養份
就是不斷向上
努力插向空中

但是，樹脫離大地
已是另一番景象：葉子
攥成戟，樹幹填滿藥
根須設計成
複雜的發射裝置

一顆樹，轉身
就是殺人的植物
雷達指引森林慧星
在兩萬米雲霄
盤旋、調整狩獵軌跡

燃燒的綠色幽靈
伏擊F117夜鷹
或圖22轟炸之熊
山高葉落，從M1進化到M2
成為戰場敏感名詞

現在，死亡的樹蔭
纏繞在MH17的身上

兩百九十八名平民的血
染紅俄羅斯與烏克蘭的邊陲
和人類可憐的一點善意

該死的山毛櫸，我詛咒
向下即腐朽
永遠不再生根、發芽
向上即灰燼
在良知的光芒中，萬劫不復

中韓之魚

從前，海洋是魚的祖國
海洋是魚唯一自由的祖國
想游到哪兒就遊到哪兒
想在哪兒交尾就在哪兒交尾

現在，魚的祖國
魚類說了不算，人類說了才算
貪婪或國際海洋法說了才算
堅船利炮說了才算

一條魚，出生在中國的海洋
卻游到了韓國的海裡長大
這條魚是中國的還是韓國的
魚的祖國始終懸而未決

一條失去祖國的魚，會不會
變成一枚畜滿未知力量的魚雷

雪和尚

——致石雲寺小原宗鑒禪師

自古以來，以雪命名的和尚很多
在中國，隨手可以舉一大把
巴蜀大地也多，北宋有雪竇重顯
晚明有丈雪通醉，好多的雪和尚
他們，都是冰雪一樣的高人

好雪啊好雪，片片不落別處
剛好，落在嗶剝作響的爐火之上
短暫的寶石，禪的白焰，接下來的

好雪鋪天蓋地，彌漫萬物的悲傷
全部落到了小原的光頭上

落滿長眉，薄耳，顴骨，廢墟和經聲
狂風吹透僧袍，帶著北魏時代的
飛鳥紋飾，裹不住破敗的草鞋
藍色鳳凰，在岩手縣，在暴風雪中
反復擦亮慈悲的菩提和鏡子

唉，石頭與雲朵之上的小原禪師
你僅用痛心的急行、念力和貧寒
僅用一幅形銷骨立，頓悟的苦難風景
就足以燭見，禪的故國雪的故鄉
我的祖國啊，已變成了什麼模樣

輯六

孩子與犀牛

拾孩子

——獻給母親樓小英

一

小時候，在田野間
我們拾過麥穗、稻子
運氣好的時候
也拾過新鮮的鴨蛋
生銹的銅錢
和天上落下的星星屎
長大了，在城市裡
我們拾過青春、愛情

熱血的時候
也拾過偉大的理想
幻滅的書籍
黑夜中的雪花與銀子

二

拾荒老人樓小英
拾到的就多了
一生都在拾東西
彎腰俯拾的時間
甚至要遠遠多於行走
在污穢的水漬中
看見黎明升起
又在腐朽的空氣中

拾回落日、雲煙
啤酒瓶、舊報紙、碎玻璃
泡沫、皮革、電線、鑰匙
還有發霉的餅乾和糖果
這些，是她和家人
生活的全部來源
活下去的希冀

三

如果能撿到半斤
賊亮的黃銅絲
或一箱變質的速食麵
那無異於發現一座
月光下的寶藏

足以讓樓小英開心
幾個月的意外收穫
常人任意施捨的恩惠
對於拾荒老人來說
竟是人生難得一相逢
世界的構造
多麼精密又偏心啊
我們拋棄的
正是別人夢想的
一條殘酷的生物鏈
穿過虛偽和良知

四

各種賴以活命的物質
與四十四年前那個風雪黃昏
樓小英拾到的
第一個孩子相比
都顯得那麼
那麼瑣屑那麼冰冷
生命實在太昂貴了
即使是裝在鞋盒子裡
丟在糞池中的孩子
也無比的昂貴
無物堪比擬

五

拾到小麒麟時
他可真小啊
比垂死的小貓還要瘦弱
還要令人心碎
一顆細小的心臟
就要跳出單薄的胸腔
一朵微弱的火苗
眼看就要熄滅
身上殘留著臍帶
表明也是人母所生
這位披著母親華服的母親
扔掉廢屑般，把親生骨肉

扔進醫院垃圾箱
身上沒有掛上哪怕一絲
東陽土布的繈褓
樓小英俯下身去
望著赤裸烏青的可憐蟲
像菩薩凝望
懷中的蓮花童子

六

樓小英的家
沒有完整的東西
就連暫避風雨的五里亭
也是用殘磚、敗絮
和塑膠布搭成

無論有多大的想像力
也難以想像：百年破屋
一間清朝留下的涼亭
由於一位蒼老的
拾荒母親的頑強存在
（一度還背上販嬰
　或破壞計劃生育的罪名）
成為我們祖國
棄嬰的樂土

七

十幾個髒孩子
每天傍晚依門眺望山頭
當佝僂的身影

隨著巨大的籮筐出現在天邊
孩子們泥鰍一樣活躍起來
鑽進襤褸的懷中
鑽進母親背回的破世界
這時，樓小英坐在旁邊
欣賞著滿地亂滾的孩子
如同工筆大師
欣賞著瓷器上的百子圖
這時，荒蕪的五裡亭
猶如一面塵世的鏡子
映照著歡樂、悲傷、愛情
也映照著時代瘡痍
以及活著的痛楚

八

樓小英聲音很小
由於早年患過喉疾
說話輕如耳語
其實，天下的母語
大多時候都是如此
我一直覺得
母親愛憐的語言
是來自另一個星球的祕密
來自水星或仙女座
沉默、呢喃而又堅定
只有她的孩子
才聽得懂真諦

九

也有例外的時候
當有人責難樓小英
養活自己都難
為啥還要養別人的孩子
樓小英突然吼道：我們
垃圾都撿，何況是人！
那聲音好大
勝過五月的炸雷
人們迄今記得
那是她唯一一次大聲說話
彷彿不是出自樓小英之口
而是出自憤怒的菩薩

十

像所有的母親一樣
樓小英為每一個拾來的孩子
取上好聽的名字
這種命名行為是神聖的
造物者為萬象命名
名字是兒女們
活在世上的證明
樓小英要他們
光明正大地活著
擁有自己的尊嚴和性格
方方、圓圓、晶晶、菊菊
法天象地，明淨如花

男孩子健壯
如傳說中的麒麟
女孩子當然要美貌天成
十六歲的美仙，名字最好聽
正從山裡捧來雪水
餵養弟弟妹妹們

十一

每個女兒出嫁時
儘管生活艱辛
無法置辦成套的妝奩
無錢訂制浪漫的嫁衣
樓小英仍然要竭盡所能
為女兒們購買

一個印花的臉盆
一個木制馬桶
並且，親手縫製一床被子
徹夜刺繡一對戲水鴛鴦
還有一叢清翠的並蒂蓮
期待女兒和夫婿
相親相愛度一生
黎明到來，養女方出閣
由哥哥張福田背出門
張福田是樓小英的獨子
四十多歲仍孑然一身

十二

再偉大的母親
終究要離開孩子
蒼白的病房中
樓小英望著一張精緻賀卡
從英國寄來的祈福
遙遠的英國在哪兒
樓小英並不怎麼清楚
她曾在黑白電視機前
見過那個陌生國度
樓小英還記得
那兒好像有一座巨大的鐘擺
還有一條美麗的河流

她的女兒費莉希蒂
住在種滿草莓的莊園裡
雪白的大簷帽下
半掩比草莓更紅的笑臉
樓小英嘴角努力地
向上微微翹了一下
那是天下幸福的母親
慣常浮現的表情

十三

長明燭照耀著
樓小英生前的家
透風的老牆上
縱橫粘貼著三十五張照片

九十一歲的樓小英
拾荒的送子觀音
四十四年拾回三十五個孩子
讓骯髒的世界
綻放三十五朵乾淨的蓮花

十四

四歲的囡囡走過來
呆望著樓小英的遺容
然後上前輕吻
相片中山崖般的額頭
似乎是在親吻
剛剛睡去的母親
也許，小女孩

還沒有弄明白死亡
到底意味著什麼

十五

秋風如水
日月不息
浙江金華東關公墓
九歲的小麒麟
蜷臥於樓小英的墳前
像一隻古代的
守衛靈魂的石刻瑞獸
守衛著拾荒的母親
和更加荒寂的蒼茫世界

憂傷的白犀牛

白犀牛名叫蘇丹
阿拉伯語中的王者
事實上也是
白犀牛僅次於亞洲象
屬陸地上第二大哺乳動物
蘇丹的家在北方
很北的北方
四季分明的北方
十六年前的蘇丹
從一個叫捷克的共和國
踏著盛大的荷爾蒙雲朵

不遠萬里來到
春心蕩漾的肯雅
（白犀牛白犀牛
憂傷的白犀牛
誰是最後的白犀牛）

在炎熱的異鄉
被大裂谷劈為兩半的
豐饒大陸
蘇丹的目的只有一個
拼命地做愛、射精
讓白色噴泉
注入雌犀牛的巨型子宮

彷彿整個人類的繁殖之夢
整個雄性的千秋功名
成與敗，榮與枯
就在此一舉

（白犀牛白犀牛
憂傷的白犀牛
誰是最後的白犀牛）

從前的白犀牛時光
多麼美，多麼自由啊
三五成群啃草、漫步
於暴雨初歇的溪流旁邊
將藍天、彩虹、遊魚

和犀牛壯麗的倒影
一齊吸進胃裡
橫行江湖的大佬
那種唯我獨尊的霸氣
足以令餓獅們退避三舍

（白犀牛白犀牛
　憂傷的白犀牛
　誰是最後的白犀牛）

在廣袤的大自然
白犀牛素來無敵手
它們的敵人只有一種
就是我們：人類

最為不可理喻的生物
人類僅用半個世紀
就將荒野豪族屠殺殆盡
從兩千三百六十頭到最後一頭
白犀牛的血
染紅了萬里北方
生殺輪盤賭，轉動一瞬間
在滅亡來臨之前
我們，這些人類
又從魔鬼變成了天使
從殺手變成了救星

（白犀牛白犀牛
憂傷的白犀牛
誰是最後的白犀牛）

蘇丹用餘光掃了一眼
斜跨在守衛者肩上的傢伙
全身突然一陣痙攣
冰涼的準頭、錚亮的槍把
以及摁進膛裡的子彈
對於蘇丹並不陌生
在捷克共和國的叢林
蘇丹最要好的朋友
一隻聳立著長劍般獨角的
雄性白犀牛
就是被這傢伙命中的
兩顆壯碩的睾丸
戳破的紅氣球
飄落在血腥的天際

蘇丹轉過身體
它不相信：毀滅與重生之火
會從同樣的槍管吐出

（白犀牛白犀牛
　憂傷的白犀牛
　誰是最後的白犀牛）

歲月何匆匆
俯仰之間蘇丹已經四十三歲了
頂多還有五、六年光景
一頭垂暮之年的龐然大物
看上去竟然楚楚可憐
四肢微微彎曲

難以支撐沉重的身體
碩大的頭顱尤其讓人憂懼
形同一座崩潰的岩石

（白犀牛白犀牛
　憂傷的白犀牛
　誰是最後的白犀牛）

荒蕪中顧影自憐
四十個持槍勇士
守衛著一隻仁慈的猛獸
蘇丹隱忍地喘著粗氣
曾經雄渾飽滿的屁股
那偉大的力之基礎

已經塌陷枯萎
一堆鬆散寂寞的贅肉
落日中的廢墟
哪兒還有咆哮的激情和精血
在非洲大陸東部的肯雅
續寫白犀牛輝煌的歷史
絕種的末路狂想
偶爾會閃現雪山之神
和白皚皚的祖先

（白犀牛白犀牛
憂傷的白犀牛
誰是最後的白犀牛）

現在，除了一刻不停地老去
蘇丹一無所有
曾經傲視百獸的武器
所向披靡的犀牛角
刺穿大象腹部的利刃
出於種種安全考慮
早被人們鋸斷
電鋸與角質猛烈摩擦
崩出串串火星
和燒焦皮膚的難聞氣味
人們以保護之名
行殘酷之事
而去除犀牛征戰的獨角
也就等同於閹掉
雄性的意志

（白犀牛白犀牛
　憂傷的白犀牛
　　誰是最後的白犀牛）

在中國，陰暗的藥店裡
犀牛角層層包裹在
柔軟的絲綢裡
按李時珍的說法：犀角
犀之精靈所聚
故能解一切諸毒
千金祕角的身價
從每公斤一千七百元人民幣
陡漲至四十七萬元
在中東，昂貴的鑽石宮殿

年輕的王儲旋轉著
鑲嵌白犀角把柄的
蛇形匕首，太陽的光芒
自犀角端的中心
向四周擴散、隱現
生命哀歌的精緻紋樣

（白犀牛白犀牛
憂傷的白犀牛
誰是最後的白犀牛）

在肯雅，藉著峽谷月色
蘇丹獨自察覺變形鏡象
光禿禿的鼻腔周圍

顯得異常空虛
蘇丹伸出寬厚的舌頭
努力向上捲曲
試圖舔濕乾裂的傷口
一塊圓形切割茬痕
正在慢慢癒合
奇妙的是：新的犀角
正在向外界膽怯地
頑強地生長
蘇丹既驚又喜
但是，這頭白犀牛心裡明白
它也許等不到那一天
等不到犀利的角
再次怒放那一天了

（白犀牛白犀牛
　憂傷的白犀牛
　誰是最後的白犀牛）

厄運接踵而來
蘇丹，虛無的統治者
不僅妻妾難成群
子嗣也無蹤影
白犀牛家族的香火成灰
蘇丹的兄弟
唯一的戰友蘇尼
已於去年秋天死去
蘇丹，失去同類的老英雄
成為滯留人間的孤魂

（白犀牛白犀牛
憂傷的白犀牛
誰是最後的白犀牛）

守衛即自瀆
絕望踐踏希望
荒誕的戲劇場景
定不會是孤例
在沙漠、草原、大海、河流
甚至鄉村或城市
悲情必將重現
故事雖然波詭雲譎
但懸念逐漸清晰

保衛者與被保衛者
不斷交換著宿命的位置

（白犀牛白犀牛
憂傷的白犀牛
誰是最後的白犀牛）

消亡的腳步讓大地顫抖
叱吒風雲的白犀牛
行將偃旗謝幕
四十條全自動步槍
雖然可以擊退盜獵者
卻無法擊退蘇丹心中的
孤獨：一支蒼翠的荊棘

來自另一種形式的獨角
正在異軍突起
美麗又鋒芒
只不過這一次
最後一次
刺穿的不是敵人
而是自己的心臟

（白犀牛白犀牛
憂傷的白犀牛
誰是最後的白犀牛）

兩顆
無比壯碩的睪丸

被七點六二毫米口徑的子彈戳破
最後的紅氣球
飄落在天際

（白犀牛白犀牛
憂傷的白犀牛
誰是最後的白犀牛）

——丁酉孟夏　成都石不語齋

語言文學類　PG1851　秀詩人13

我的發音

作　　者／向以鮮
責任編輯／盧羿珊
圖文排版／周好靜
封面設計／蔡瑋筠

發 行 人／宋政坤
法律顧問／毛國樑　律師
出版發行／秀威資訊科技股份有限公司
114台北市內湖區瑞光路76巷65號1樓
電話：+886-2-2796-3638　傳真：+886-2-2796-1377
http://www.showwe.com.tw
劃撥帳號／19563868　戶名：秀威資訊科技股份有限公司
讀者服務信箱：service@showwe.com.tw
展售門市／國家書店（松江門市）
104台北市中山區松江路209號1樓
電話：+886-2-2518-0207　傳真：+886-2-2518-0778
網路訂購／秀威網路書店：http://www.bodbooks.com.tw
國家網路書店：http://www.govbooks.com.tw

2017年9月　BOD一版
定價：300元

國家圖書館出版品預行編目

我的發音 / 向以鮮著. -- 一版. -- 臺北市 : 秀威資訊科技, 2017.09

面 ;　公分. -- (秀詩人 ; 13)

BOD版

ISBN 978-986-326-447-7(平裝)

851.486　　106011400

讀者回函卡

感謝您購買本書，為提升服務品質，請填妥以下資料，將讀者回函卡直接寄回或傳真本公司，收到您的寶貴意見後，我們會收藏記錄及檢討，謝謝！

如您需要了解本公司最新出版書目、購書優惠或企劃活動，歡迎您上網查詢或下載相關資料：http:// www.showwe.com.tw

您購買的書名：________________________________

出生日期：________年________月________日

學歷：□高中（含）以下　□大專　□研究所（含）以上

職業：□製造業　□金融業　□資訊業　□軍警　□傳播業　□自由業

□服務業　□公務員　□教職　□學生　□家管　□其它_____

購書地點：□網路書店　□實體書店　□書展　□郵購　□贈閱　□其他

您從何得知本書的消息？

□網路書店　□實體書店　□網路搜尋　□電子報　□書訊　□雜誌

□傳播媒體　□親友推薦　□網站推薦　□部落格　□其他__________

您對本書的評價：（請填代號　1.非常滿意　2.滿意　3.尚可　4.再改進）

封面設計____　版面編排____　內容____　文／譯筆____　價格____

讀完書後您覺得：

□很有收穫　□有收穫　□收穫不多　□沒收穫

對我們的建議：________________________________

____

____

____

請貼
郵票

11466
台北市內湖區瑞光路 76 巷 65 號 1 樓
秀威資訊科技股份有限公司 收
BOD 數位出版事業部

(請沿線對折寄回，謝謝！)

姓　　名：＿＿＿＿＿＿＿＿＿＿　年齡：＿＿＿＿　性別：□女　□男

郵遞區號：□□□□□

地　　址：＿＿＿＿＿＿＿＿＿＿＿＿＿＿＿＿＿＿＿＿

聯絡電話：(日) ＿＿＿＿＿＿＿＿＿＿ (夜) ＿＿＿＿＿＿＿＿＿＿

E-mail：＿＿＿＿＿＿＿＿＿＿＿＿＿＿＿＿＿＿＿＿